AF322530

13. Février 1888

CATALOGUE

DES

OBJETS DE CURIOSITÉ

ET D'AMEUBLEMENT

Miniatures — Porcelaines — Boites — Montre émaillée
Cuivres

Marbre — Terres cuites — Bois sculptés
Grand cadre Louis XIV en chêne — Boiseries

Belle Pendule Louis XVI : les Liseurs

MEUBLES

Cabinet hispano-mauresque — Crédence et Meubles à deux corps
en bois sculpté
Beaux Lits du premier Empire et de l'epoque Louis XVI
Sièges anciens : petit Canapé, Fauteuils, etc.

Peintures décoratives de l'École hollandaise

TAPISSERIES D'AUBUSSON

Compositions champêtres
Tapisserie Renaissance ; verdure

Appartenant en partie à M. le Comte de S...

ET DONT LA VENTE AURA LIEU

HOTEL DROUOT, SALLE N° 8

Le Lundi 13 Février 1888

A DEUX HEURES

Mᵉ PAUL CHEVALLIER	M. CHARLES MANNHEIM
COMMISSAIRE-PRISEUR	EXPERT
10, rue de la Grange-Batelière, 10	7, rue Saint-Georges, 7

EXPOSITION PUBLIQUE : Le Dimanche 12 Février 1888
DE UNE HEURE A CINQ HEURES

ADDITVS
IMPRIMERIE DE L'ART

CONDITIONS DE LA VENTE

Elle sera faite au comptant.

Les acquéreurs paieront, en sus des adjudications, *cinq pour cent* applicables aux frais.

L'Exposition mettant le public à même de se rendre compte de l'état des objets, il ne sera admis aucune réclamation une fois l'adjudication prononcée.

Paris. — Imp. de l'Art, E. Ménard et Cie, 41, rue de la Victoire.

DÉSIGNATION DES OBJETS

MINIATURES

1 — Miniature ronde : Jeune Fille enguirlandant de fleurs les bustes de Louis XVI et de Marie-Antoinette. 

2 — Miniature ronde : Jeune Femme ; robe bleue, fichu blanc, assise devant un bureau, la main sur une carte géographique.

3 — Miniature ronde : Portraits d'une femme en robe bleue à raies, et d'une petite fille blonde ; costumes Louis XVI.

4 — Miniature ovale : Portrait présumé de Dugazon ; bonnet en dentelle avec faveurs bleues, robe bleue. Signé *P. Gay*.

5 — Miniature ronde sur ivoire : Jeune Femme avec plumes et roses dans la coiffure, robe bleue décolletée.

6 — Miniature carrée sur vélin : Portrait présumé de Mᵐᵉ de Staël. Signé *Lagrenée*.

7 — Miniature rectangulaire : Jeune Femme assise ; costume Louis XV, robe bleue bordée de fourrure brune et passementée d'or ; elle flatte un petit carlin.

8 — Miniature ovale : Jeune Femme coiffée d'un chapeau à plumes blanches, robe bleue avec collet jaune.

9 — Miniature ronde : Jeune Femme en buste ; cheveux poudrés, avec rose ; guimpe en tulle.

10 — Miniature ronde : Jeune Femme tenant un éventail ; robe violette.

11 à 13 — Six miniatures : Portraits de femmes ; costumes du xviiie siècle.

14 — Deux miniatures : Henri IV et Gabrielle ; Dame assise dans une bibliothèque.

15 à 18 — Treize miniatures et petites peintures : Portraits d'hommes de diverses époques, sujets, bouton Louis XVI peint en grisaille, etc.

19 — Quatre miniatures, dont deux montées en broche.

CURIOSITÉS — PORCELAINES, ETC.

20 — Boîte ronde en poudre d'écaille rouge, incrustée d'argent et ornée d'un petit médaillon, paysage peint en grisaille et signé *Rousseau*, 1780.

21 — Boîte ronde décorée au vernis, incrustée d'argent et ornée d'une plaque en porcelaine tendre, représentant un paysage.

22 — Deux boîtes rondes, l'une en écaille blonde avec miniature, portrait d'homme, l'autre en mosaïque de nacre.

23 — Petite boîte, émail de Saxe, et tabatière en os sculpté.

24 — Montre ancienne en or émaillé, de *Bréguet*, à Paris.

25 — Breloque du Directoire.

26 — Épée et poignard.

27 — Deux vases ovoïdes de l'Empire, en albâtre, avec ornements en bronze doré.

28 — Deux petits vases en verre opale, avec montures en bronze doré.

29 — Théière, sucrier et six tasses avec soucoupes en porcelaine de Hœcht, à décor de fruits en camaïeu carmin.

30 — Deux tasses et une soucoupe à bouquets, en Vienne.

31 — Pot à eau et cuvette à semis de fleurettes, porcelaine de Paris.

32 — Deux vases Médicis, à sujets et fond doré.

33 — Encrier en faïence de Moustiers, avec monture en étain.

34 — Pot à eau et cuvette en cristal taillé à facettes.

35 — Deux verres émaillés, à devises. Époque Louis XV.

36 — Panneau provenant d'une harpe, décoré de peintures représentant des paysages.

37 — Plaque de serrure à figures et ornements, de style Renaissance.

38 — Bassin ovale en cuivre repoussé, à cartouche fleurdelisé et guirlandes.

39 — Fontaine-applique et bassin en cuivre, à feuillages et godrons.

40 — Grille de croisée avec balcon en fer. Travail espagnol.

41 — Grande plaque de cheminée en fonte, décorée d'un cartouche portant la lettre H et deux caducées en sautoir.

42 — Petite plaque de cheminée en fonte, décor à figure.

43 — Sous ce numéro, environ dix lots de porcelaines et faïences, pièces en faïence française, en porcelaine de Chine, etc.

44 — Coupes, pitong, vases, boîtes en émail cloisonné de Chine et du Japon, flambeaux chinois en bronze, curiosités diverses.

SCULPTURES

45 — MARBRE BLANC. Statue de déesse couchée, à demi nue, accoudée sur un coussin et tenant la foudre. École de Fontainebleau.

46 — TERRE CUITE. Statue : l'Amour redressant son arc.

47 — TERRE CUITE. Deux statuettes d'enfants. XVIII⁰ siècle.

48 — TERRE CUITE. Buste d'homme de l'époque Louis XVI. Signé *Boichot*.

49 — TERRE CUITE. Buste d'homme.

50 — TERRE CUITE. Statuette de Minerve. Signée **Pajou**, 1750.

51 — Grand et beau cadre en chêne sculpté, de l'époque Louis XIV, à coins et milieux ornés.

52 — Deux fûts de colonnes cannelés.

53 — Deux montants de boiserie sculptés et peints, à têtes de chérubins, feuillages et volutes. xviiie siècle.

BRONZES, MEUBLES

54 — Pendule Louis XVI, en bronze ciselé et doré, garnie de bas-reliefs, d'appliques ajourées ; surmontée d'un aigle aux ailes éployées, et décorée de deux statuettes en bronze à patine brune : *les Liseurs*. Cadran au nom *Lépine, h^r du Roy*. Socle en marbre blanc.

55 — Deux flambeaux de l'Empire ; la tige à cariatide.

56 — Petite pendule Louis XVI, à obélisques en marbre blanc et marbres de couleur, garnie de plaquettes en biscuit.

57 — Deux candélabres en bronze doré, à trois branches, portés par des négrillons en bronze patiné.

58 — Brûle-parfums en bronze de l'Empire, formé

d'un autel de style antique placé sous un édicule carré, à coupole surmontée d'un lanternon. Socle en marbre griotte.

59 — Miroir Louis XIV, à encadrement en bois sculpté et doré, surmonté d'un fronton à attributs guerriers.

60 — Pendule Louis XVI, en marbre blanc, garnie d'ornements en bronze doré et de plaquettes en biscuit. Cadran au nom de Veyrin, à Paris.

61 — Console-étagère en acajou, garnie de bronzes finement ciselés. Signée *Henry Dasson*. Dessus en marbre.

62 — Deux vases Médicis sur socles ronds, bronze argenté et doré de l'Empire.

63 — Beau meuble hispano-mauresque, à deux corps ; le haut forme cabinet, et l'intérieur, à quatre rangs de tiroirs, est doré et décoré d'incrustations et de colonnettes en os ; il est garni de plaques ajourées, de verrous et d'un fermoir en fer. Le corps inférieur est à tiroirs superposés, décorés de moulures, d'incrustations en os et de clous en fer.

64 — Grande crédence-dressoir en chêne, style Renaissance, à portes sculptées en bas-relief, représentant des bustes en regard, avec pentures et serrures en fer.

65 — Meuble Louis XIII, à deux corps et à quatre vantaux pleins ; les montants sont cannelés et la corniche à modillons est surmontée d'une galerie à balustres.

66 — Autre meuble à deux corps en noyer sculpté ; les montants décorés de colonnettes engagées.

67 — Écran en bois sculpté noir et or, avec feuille en soie brochée, lamée argent.

68 — Beau lit du Premier Empire, en bois sculpté, à cariatides sur gaines richement ornementées ; il est tendu en taffetas rouge moiré.

69 — Petite table Louis XVI, à trois tiroirs, décorée en marqueterie de paille.

70 — Console Louis XVI, demi-lune formant jardinière, sur pied droit, en bois sculpté et laqué vert.

71 — Bureau Louis XV, à cylindre, en palissandre et bois rose, chutes et sabots en cuivre doré.

72 — Console de forme Louis XV, en bois sculpté et doré, pieds à têtes de bélier, bandeau à coquilles, feuillages et quadrillé ; dessus en marbre.

73 — Six chaises en bois sculpté, recouvertes en soie jaune brochée à fleurs,

74 — Miroir rond avec cadre en bois sculpté, orné d'une couronne de laurier.

75 — Petit paravent à trois feuilles, en lampas broché à fleurs.

76 — Deux fauteuils du premier Empire, en acajou.

77 — Petit canapé Louis XV, blanc et or, couvert en satin groseille à fleurs.

78 — Petit fauteuil Louis XVI, en noyer, à pieds-consoles, couvert en soie à raies.

79 — Fauteuil en noyer sculpté, à dossier arrondi, couvert en soie blanche à fleurs bleues lamées or.

80 — Fauteuil de style Louis XVI, à dossier carré, en bois sculpté et doré, recouvert en soie fond blanc brochée à fleurs.

81 — Autre, de forme Louis XV, en bois sculpté, blanc et or.

82 — Autre, Louis XVI, blanc et or, à dossier ovale.

83 — Lit Louis XVI, à montants formés de colonnes cannelées, peint en blanc.

84 — Autre, à montants carrés et cannelés.

85 — Lit Louis XVI, en bois marqueté.

86 — Quatre fauteuils noyer, forme Louis XV, couverts en tapisserie au point.

87 — Six stalles en chêne, à mascarons sculptés en haut-relief.

88 — Grand cabinet Louis XIII, en bois noir incrusté de filets de cuivre.

89 — Lit Louis XVI, en bois sculpté, laqué blanc et bleu.

90-91 — Deux lits Empire, en acajou, à cariatides.

92 — Petit lit Louis XVI, sculpté et à montants cannelés.

93 — Lustre Empire à dix lumières.

94 — Coffre à couvercle bombé, de l'époque Louis XIII, revêtu d'une feuille de cuivre étampée.

95 — Cinq petits coussins en soie bleue brochée, à décor de lyres.

PEINTURES DÉCORATIVES

96 — Suite de six beaux panneaux décoratifs en hauteur, de l'école hollandaise du XVIIᵉ siècle, représentant des paysages animés de figures.

TAPISSERIES

97 — Jolie tapisserie d'Aubusson, en largeur, du XVIIIᵉ siècle, pastorale dans le goût de Boucher : Bergers auprès d'une fontaine ; bordure simulant un cadre doré entouré d'un feston de fleurs et de rubans.

98 — Tapisserie de la même suite, représentant une bohémienne disant la bonne aventure à une bergère, beau paysage avec palais à colonnade.

99 — La même tapisserie, incomplète.

100 — Tapisserie de la même suite : Berger et Bergère arrêtés sous les arbres.

101 — Portière étroite de la même suite : Paysage avec berger jouant de la musette.

102 — Lot de fragments.

103 — Tapisserie Renaissance, en hauteur, à petits personnages en costume du XVIᵉ siècle : Musiciens dans un parc ; bordure à figures allégoriques, vases de fleurs et motifs d'architecture.

104 — Petite tapisserie carrée, verdure, du XVIIᵉ siècle.

105 — Petite tapisserie du XVIIIᵉ siècle : Paysage avec oiseau ; bordure à fleurs et ornements sur fond noir.

RED. :

16

MIRE ISO N° 1
NF Z 43-007
AFNOR
Cedex 7 - 92080 PARIS-LA-DÉFENSE

graphicom

0 1 2 3 4 5 6 7 8 9 10